KB071083

60대 청춘,
살아봐도 모르는 것들

저
자
소
개

신현수
미래창조교육원장

| **학력**

· 용인 태성고등학교
· 강남대학교(사회사업학 학사)
· 한국외국어대학교대학원(공공행정학 석사)
· 명지대학교대학원(지방행정학 수료)

| **대표이력**

· 현) 명지대학교 객원교수
· 전) 용인시 청소년 미래재단 대표이사
· 전) 용인시의회 의장
· 전) 용인시의회 부의장
· 전) 용인시의원
· 전) 큰 별 유치원 원장

60대 청춘, 살아봐도 모르는 것들

신현수

문학공감

목차

머리말

　4차 산업혁명 시대의 중심에 서 있으나 이것이 지금에만 있는 이야기인지 아주 오랜 시간 전에부터 있었던 이야기인지조차 잘 모르겠다.

　다만 너무도 많은 변화 속에서 특별히 변하지 않는 것은 없는지 아니면 변하면 안 되는 것들은 없는지에 대해 잠시 돌이킬 필요를 느낀다.

　어쩌면 우리는 너무나도 다양하고 가속화되는 변화의 시대에 생각이라는 것을 해보기도 전에, 선택과 결정을 해보기도 전에 자의보다는 타의에 의해 체험 삶의 현장에 그냥 온전히 내동댕이쳐져 있는 것은 아닌지를 생각해 볼 시간이 필요하다.

　내가, 아니, 나와 같은 세대가 살아가던 시대의 시

간은 되돌림의 여유와 생각의 여유가, 세월의 쉼이 조금이나마 있었던 시대이다.

내가 살아왔던 청춘은 가능성보다는 노력과 성실을 입증받을 수 있을 정도는 되는 시대였으나 지금의 청춘들은 주변을 되돌아보고, 무엇인가를 되돌린다는 것 자체가 경황이 없는, 쉴 틈은커녕 자신이 숨은 쉬고 사는지조차 알아차릴 수 없을 정도의 매우 급한 시대에 살고 있지는 않은가. 먼저 살아온 시대의 사람으로서 미안함과 안타까움을 넘어 죄책감까지 든다.

나 스스로는 무엇을 위하여 지금 이 순간까지 혼을 놓고 달려왔는지도 이제는 모르겠다.

분명 나는 내가 살아왔던 시대보다 더욱 풍요롭고, 자유롭고 행복한 사회를 만들고 그 안에서 다 함께 행복하고자 하는 분명한 비전과 가능성의 미래를 향해 매 순간 열심히 달렸다.

　내 청춘이 달리던 미래의 시간을 달려와 60대가 되
어 보니 이 시대의 청춘은 오히려 자괴감, 불안함, 의
욕 상실, 상대적 박탈감 등을 경험하면서 꿈을 꾸는
것이 맞는지조차 확신이 없어 먼 미래가 아닌 코끝조
차 보지 못하고 있지는 않은가 하는 연민과 공감에
서 출발하여 과거의 내 청춘, 현대의 청춘들 그리고
미래의 청춘들과 함께 이야기를 나누고 위로하고 응
원을 하고자 이 글을 바친다.

1

버려지지 않는 시간

시간은 지금의
나의 모습과 함께 살아간다

　60년을 살아오면서 혹여 나의 그 60년의 세월 중 버려져 사라진 시간에 관한 생각을 문득 해본다.
　어느 날 문득 자신이 살아온 삶을 되돌아보면서 아쉬움의 시간 또는 후회의 시간을 떠올려 본 적이 한 번쯤은 누구나 있었을 것이다.

　그 순간은 지금까지 자신이 살아온 삶의 한 귀퉁이를 돌아보면서 후회와 회한으로 가슴 어딘가가 갑갑해지고 먹먹해지는 것을 느끼게 할 수도 있을 것이다.
　그럼에도 불구하고 그때의 나는 그 선택이 최선이라고 말하고 싶다는 것도 알고 있다.

　매 순간 우리는 그것이 최선이고 최선이 되어 줄

것이라는 믿음으로 무엇인가를 선택했고 또 결정하
면서 살아왔음을 모두가 잘 알고 있다.

　다만 그것이 시간의 흐름이라는 결과 앞에서 아쉬
움과 회한으로 남아있을 뿐이다.

　어떨 때는 그 아쉬움과 회한이 나의 삶의 전부를
송두리째 갉아먹어 들어오기도 한다. 예전 아주 어
린 시절 10대의 나의 이야기이다. 이것이 기억인지 내가 만든 핑계인지는 정확히 알 수 없으나 내가 기억 이라고 말하려 하는 것은 이렇다.

10대 시절 나의 기억은 행복보다는 어려움과 방황, 부적응과 반항의 시간으로 기억이 된다.

내가 어릴 적 새어머니가 들어오셨다. 머리로는 그 분을 받아들이면서도 현실은 그러지 못해 집 밖으로 나돌던 시간이 더 많았던 나다.

거기에 더하여 몇 년 지나지 않아 아버지의 간경화로 집안 형편은 더없이 궁핍할 수밖에 없었다.
아버지의 병시중을 들면서 가정형편은 급격히 악화하였고 나는 그런 모든 상황을 받아들일 준비도, 어쩌면 받아들일 여지도 없었다.

살림은 갈수록 궁핍해 밥을 먹는 날보다 매 끼니를 걱정하거나 거르기도 하고 수제비나 국수로 끼니를 이어가는 날이 더 많아졌다. 그때는 밀가루가 많이 싸다 보니 수제비를 떠서 식사 대용으로 먹었던 기억이 생생하다.

어린 시절의 나는 가정형편이 어려워짐에 따라 더 많은 방황을 찾았다 해도 과언이 아니다.
내 주변의 모든 사람과 상황 중에서 특별히 나에게만 불리하고 불합리한 상황들이 전진하고 있다는 생각으로 나의 머릿속은 가득했다.

주변의 시선이 모두 나를 불편하고 불량하게만 보는 눈초리로 느껴져 그런 눈초리를 지탱하기에는 아직 너무 버거운 나이였다.
누구라도 좋으니, 단 한 번이라도 좋으니 따뜻하게 그리고 위로가 되는 단 하나의 눈길이 애틋했던 것 같다.

성인이 되어서도 한동안은 나에게 있어 학창 시절이라고 추억이라고 하는 기억은 내게 좀처럼 떠오르지 않았고 오히려 그런 이야기를 하는 사람들을 보면 호사처럼 느껴졌다.

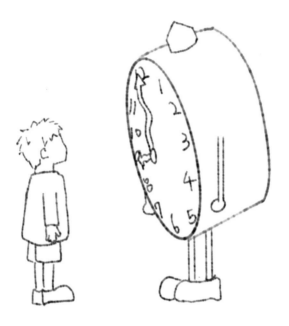

　중고등학교 시절 매일 사고 치고 공부 안 하고 같이 어울렸던 또래의 동창이 5명이었는데 그 친구들에 비하여 유난히 집안 형편도 넉넉지 못하니 공부도 열심히 안 하고 당연히 성적도 좋지 않았다.

　그런 환경 속에서도 졸업은 하고 싶은 게 나의 마음이었다. 그리고 고등학교는 졸업해야 해! 라는 생각이 강하게 자리 잡고 있었다. 학교 육성회비를 낼 수 없는 형편임에도 나는 고등학교 졸업이 오직 내 삶의 목적이 되었다.

그때의 나는 매일 매일 그냥 살아지는 시간이었다. 그 상황 속의 나는 언제나 시간을 보내는 것이 아닌 때우는 사람처럼 슬픔과 힘겨움 거기에 더하여 어린 가장으로서의 무게에 눌려 버거운 시간이었다.

나는 그저 어른도 아니고 아이도 아닌 모호한 상태를 경험하면서 아이임에도 주변으로부터는 어른스러워야 했다. 그럼에도 나는 어리기만 한 나이이고 많은 것이 그저 혼란스럽기만 했다.

작고 보잘것없는 어떠한 선택권도 나에게는 주어지지 않는다는 무력감 속에서 살아가는 어떤 소년이었다.

그 시간 속에서 주변의 다른 친구들에게는 별반 큰 의미를 두지 않을 수도 있는 고등학교 졸업장이라는 결과물을 향한 나의 움직임은 사막에서 오아시스를 찾아 헤매는 나그네와 다르지 않았다.

어쩌면 청소년기의 나를 살아가게 하고 불안정한 외나무다리를 건너게 한 힘은 오롯이 고등학교 졸업장이었는지도 모르겠다.

그 한 장의 졸업장을 향한 집념! 즉 내 삶에 오아시스를 찾겠다는 나의 집념은 나에게 가능성을 찾게 하고 내게 필요한 것을 찾는 일에 집중하게 했다.

어려서부터 체력이 좀 좋았던 나는 중학교 시절 마을회관에서 운영하는 태권도장에서 운동했었고 그것이 다행스럽게 고등학교에서도 운동으로 학교를 계속 다니는 가능성의 그리고 희망의 도구가 되었다.

나에게는 희망과 가능성의 도구였으나 외부에서는 운동을 한답시고 껄렁대는 모습으로 비추어지는 경우가 더 많았다.

나에게 운동은 누구와 싸우거나 이기려고 한다거나 힘을 과시하여 상대를 억누르는 도구가 아니었다. 그저 나를 지키는 도구였고 태권도를 하면 힘이 세니 아이들이 함부로 나를 무시하거나 결손가정이라 소외시키거나 하지 못할 것이라는 생각이 있었다.

　가정불화로 엄마는 떠나고, 아빠도 병들어 계시고, 가난하여 가정형편은 지극히 어렵고, 학비도 제대로 못 내고, 공부도 못한다고 다른 사람들이 함부로 하면 또는 무시하면 어떡하지 하는 나만의 생각이 있었다.

　지금 생각하면 청소년기 중학교와 고등학교 시절 나에게 있어 태권도를 하는 운동부에 소속되는 것은 남을 무시하려고 선택한 것이 아니라 남에게 무시당하지 않으려고 선택한 것이었다.

　내 나이 60이 넘은 지금, 이 순간 그 시절을 뜬금없이 되돌아보는 나는 나의 삶에서 그 시간이 창피하거나 부끄럽거나 후회스럽기보다는 무언가를 다시 시작할 때 나의 과거의 시간을 통한 교훈을 두고 싶었다.

내가 나의 시간을 통해 얻는 교훈은 앞으로의 나 개인의 삶에 더하여 지금 현실을 살아가는 청춘들에게 새로운 60대 청춘을 준비하는 사람들의 이야기로 나누고 싶었다.

어제의 나를 잊거나 버리는 것이 아니라 오늘의 나를 살아가기 위한 지표를 수정하고 보완하는 새로운 내비게이션의 새로고침 과정으로 삼으려는 것이다.

내가 이렇게 힘들고 고되게 살았어! 라는 이야기를 하려는 것이 아니라 힘들 수 있다.

어려울 수 있다.
슬플 수 있다.
불공평하다고 느낄 수도 있다.
화가 날 수도 있다.

　그래도 우리 60대의 청춘은 10대와 20대의 시절에 무엇엔가 희망을 품고 있으면 가능성이라는 것들이 있었고 희망이 있었다.

　지난 세월을 돌아보는 시간은 어떠한 형태로든 세월이라는 시간의 흔적을 되짚어보게 한다.
　그 흔적 속에서 상흔으로만 존재하고 있는 것도 있을 것이고 또 어느 흔적은 자신의 버려지지 않는 자

양분으로 지금에 모습에 응원과 박수를 보내고 있는
흔적도 있다.

누구나 지나온 시간이 있다. 그것은 현존하는 모든
생명체에게 가장 공평하게 나누어지는 것 중의 커다
란 혜택이기도 하다.

그 시간은 지금의 나를 웃게도 하고 울게도 한다.
나를 당당하게도 하고 부끄럽게도 한다.
나를 위로하기도 하고 꾸짖기도 한다.
나를 일으켜 세우기도 하고 넘어지게도 한다.
나에게 지나왔던 그 시간은 지금 내 삶의 모습을
다시 들여다보게 하기도 하고 흐트러진 모습을 추슬
러 움직이게도 하고 그 과정에서 앞으로 살아가는
이유를 알게 하기도 한다.

어린 시절의 나 자신의 모습은 그 누구도 바라보지
않을 것만 같았을지라도 그 시간을 통하여 60대의
내가 생각하는 괜찮은 나가 되어 되돌아보는 그 시

간은 매 순간이 하나도 버려짐이 없는 오롯이 나를 만드는 자양분이 되었다.

 이처럼 많은 나와 같은 우리는 버려지고 잊힌 시간이 다양한 형태로의 영양이 되고 방향이 되어 지금 여기 이곳에서 그 시간을 덤덤하게 바라보게 하기도 한다.
 요즘 청춘들은 어떨까?
 지금의 세상을 살아가는 젊은 청춘들에게 나는 이런 말을 하고 싶다.
 "미련스럽게 그냥 주어진 인생을 버티지 말아라"라고 말이다.

 젊은이들은 무엇인가를 하고 싶지 않은 것이 아니라 무엇을 해도 안 된다는, 세상으로부터 오는 반응에 그런가 안 되는 건가? 라는 자기 안에서 나오는 질문으로부터의 답이 난감해져 방황하고 있다.

 언젠가부터 여기저기서 다양한 매체를 통하여 접

하는 삼포, 사포 세대라는 말. 이들이 진정 원하는 것이 삼포 또는 사포였을까? 아니라는 것을 우리는 너무도 잘 알고 있다.

60대의 청춘들이 젊은 시절에는 희망과 가능성이 있어 열정을 가질 수 있었다면 지금의 청춘은 앞이 보이지 않아 불안한 현실 속에서 그래도 어딘가 있을지 모르는 희망이라는 빛을 찾아 동분서주하고 있다.

그 와중에 갑자기 툭 이런 말이 돌아다닌다. 금수저, 은수저, 흙수저, 엄마 찬스, 아빠 찬스 이런 말들은 그나마 찾고 있던 희망에 빛마저 닫혀버리는 상실감으로 남는다.

나는 금수저, 은수저, 흙수저, 엄마 찬스, 아빠 찬스도 없었다. 그럼에도 나를 살게 한 것은 세상 그 누구도 아닌 내가 나를 금수저로, 은수저로, 그리고 나에 대한 믿음으로 내 찬스를 만들었다.

미련스럽게 그냥 주어진 시간과 인생을 버티는 것이 아니라 자신을 바라보는 관점을 바꾸고 스스로 자신만의 찬스를 만들어보자. 그 시간이 엄청나게 길게 느껴질 수는 있으나 10대를 살아남고 20대를 살아남고 30대, 40대, 50대를 살아남은 60대의 청춘들은 젊은 청춘들이 만들어 내는 자기 찬스에 커다란 응원의 박수를 보낸다.

　나의 시간이 늘 행복하고 즐겁기만 했다면 나는 다른 사람의 힘든 삶을 이해하기 힘들었을 것이다. 어둡고 답답하고 초라하게 느껴지기까지 했던 그 시절은 지금까지의 삶 속에서 나에게 배움이라는 시간을 주었다.

　겸손을 배우게 하고, 기다림을 배우게 하고 나에 대한 믿음의 크기를 배우게 하고 무엇보다 세상 그 어떤 찬스보다도 값진 나라는 한 사람의 찬스에 대한 믿음을 가지게 했다는 것이다.

그 믿음은 어려운 시간을 추억으로 만들어주기도 하고, 슬픈 시간을 직면하여 나를 성장시키는 시간으로 나에 대한 가치를 부여하게 하기도 하고, 앞으로의 나의 진로 그리고 살아갈 길에 교훈이 되어 나에게 격려와 위로를 하는 시간을 만들어주기도 한다.

내가 살아온 시간 그리고 지금 살아 있는 이 시간과 함께 앞으로 살아갈 나의 시간에 대한 의미와 가치를 부여하게 만든다.

옛날에 이렇게 했더라면 저렇게 했더라면 하고 시간에 발목이 잡혀 있는 사람들이 있다면 그 시간은 우리의 통제 밖이니 지금부터 스스로 통제할 수 있는 시간을 만들어가는 데 더욱 집중하라는 이야기를 살며시 전해본다.

혹여 지금 힘겹고, 막막하고, 버거운 청춘들이 있다면 지금은 자신의 찬스를 만들어 갈 기회이다. 왜냐하면, 아무것도 보이지도 않고 생각조차도 하지 못했던 그리고 하지 않았던 시간에 대한 아쉬움을 알아차렸기 때문이다.

알았다는 것은 나에 대한 그 무엇엔가 관심이 생겼다는 것을 의미한다.

어제의 나를 위로하고,
지금의 나를 응원하고,
내일의 나를 준비하고
기대하는 시간을 만들 때이다.

1

#타임머신

☆ 우리 삶의 버려지지 않은 시간!

☆ 혹 버려졌다고 생각하는 시간의 기록!

☆ 나의 젊음과 만나서 나누는 이야기!

내가 살아 온 시간의

추억

....

....

....

....

....

....

....

....

....

....

....

....

아쉬움

응원

2

누가 나를 만드나!

우리가 세상으로부터
받은 많은 피드백

하나의 사건 그리고 상황들에 대하여 천만 가지의
관점과 생각으로 상황을 인지하고 그런 모든 상황과
사건 또는 인물에 대하여 우리는 그렇다고 받아들이
는 경우가 많다.

나도 예외 없이 그랬다.

주변의 상황이나 사람들이 나에 관하여 이야기하
거나 피드백하는 대부분의 이야기에 그것이 당연한
것처럼 일말의 의심도 없이 그렇구나 하고 받아들이
고 그것을 내 삶의 족쇄인 양 힘들어하고 하염없이
작아지던 때가 있었다.

지금 그때의 누구인가가 왜 그랬느냐고 묻는다면

나는 "그냥이요."라고 대답할지 모른다. 왜냐하면, 진정 단 한 번도 나에 대하여 나 스스로 그런 외부의 반응에 대하여 질문을 해본 적도 의문을 가져본 적도 없었기 때문이다.

그냥 주변에서 하는 나에 대한 모든 이야기가 다 맞다가 아닌 맞을지도 모른다고 습관처럼 수용하며 살아왔던 시간이 꽤 길었다는 것을 알게 된 것은 그리 오래지 않다.

그 옛날 내 삶에는 과정보다 결과에만 더 많이 집중하고 살았다. 과정은 아무래도 괜찮은 줄 알았다.

시간이 얼마 지나지 않아 나의 과정에는 나도 모르는 수없이 많은 핑계로 조금은 과격하기도 하고 바람직하지 않아도 내가 원하는 것을 얻기 위해 최선을 다했다는 합리화를 하고 있었다.
예를 들면 이런 것들이다.

가난해서 공부를 잘할 수 없었어!
불우한 가정이라 부적응할 수밖에 없었어!
남에게 무시당하지 않으려면 힘이 있어야 해!
학교를 열심히 다니지 않아도 졸업만 하면 돼!
다른 사람들이 나를 존중해주고 인정해 주지 않아 어렵게 산 거야!
가정형편이 어려운 나는 성공을 할 수 없었어!

나에게 지금의 내 행동은 당연하다는 핑계의 주머니를 만들어 달아 주었던 때가 있었다.

그 핑계의 주머니는 나를 더욱 핑계의 모습으로 만들어갔다. 주변에서 들리는 나에 대한 부정적인 피드백을 수용하고 내 모습인 양 거들먹거리고 껄렁대고 그래도 되는 줄 알았다.

나는 그랬던 것 같다. 내가 무엇을 해야 잘할 수 있는지!
만족하지 않은 나의 삶의 변화를 위하여 내가 할 수 있는 것은 무엇인지!
나의 어떤 변화가 가능한지!
변화를 통하여 최종에 내가 얻고 싶은 것은 무엇인 건지!

과거에 있는 나는 전혀 나에 대한 믿음도 없었고, 변화를 생각해 본 적도 없었고 평생 이대로 살아가면 어쩌나! 하는 불확실함과 불안함 속에서도 무엇인가를 시도해 보고자 하는 생각을 해본 적이 없었다. 주변의 어떤 상황도 나를 생각하게 만들지 않았다.

혹여 비난하거나 무시를 하는 말을 들어도 그것이 당연하다 여기면서 나는 주변 환경과 사람들의 말에 나를 맞추어가기라도 하듯 살아갔던 때도 있었다.

나는 내가 무슨 생각을 하는지 내가 무엇을 원하는지 어떤 사람이 되고 싶은지 등 내 안에 있는 소리를 듣는 방법을 몰랐다. 그 결과 내 안의 소리가 아닌 내 밖의 소리에 더 많이 집중하던 때에 우연인지 필연인지 내 안의 소리를 듣는 경험을 하게 되었다.

잘 살아야겠다!
물론 잘 산다는 것이 구체적으로 어떻게 살아야 한다는 것은 없었지만, 그저 잘 살아야겠고 또 잘 살고 싶어졌다.
저 집 아이들은 이래!
저 집 아이들은 원래 저래! 가 아닌 다른 소리를 듣고 다른 소리에 반응하는 나를 만들어야겠다고 생각하게 되었다. 이것이 20대 초반의 이야기다.

그런 생각을 가지게 된 가장 큰 계기는 동생들이었다. 말로 표현하는 것은 매우 서툰 나였지만 늘 동생들이 잘되기를 바라는 마음은 간절했다.

　　바로 그 순간 동생들의 모습을 보니 전혀 행복해 보이지 않았다. 주변으로부터 듣는 어떤 질타나 무시 비웃음은 넘겨버릴 수 있었다. 그러나 동생들이 겪어야 하는 고통은 왠지 나의 책임인 양 나의 숨통을 조였다. 가슴이 저리고 숨이 막히고, 무엇인지는 모를 나에 대한 분노에 몸을 가눌 수 없을 지경이었다.

　　어쩌면 이런 울분이 나를 잘 살고 싶어지도록 만든 것인지도 모른다.

　　물론 그렇다고 동생들과 엄청 살갑게 지낸 것은 아니다. 문득문득 동생들이 보고 싶을 때도 혹여 불편해하지는 않을까 자주 연락하지는 못하지만 늘 동생들에게 고맙다.

　　많이 부족하고 방황했던 나를 믿고 이해해주어서 어려운 환경이지만 나름의 최선으로 살아주어서 그리고 지금은 각자 자신에 몫을 살아내고 있어서 정말 고맙다.

어쩌면 동생들도 그들의 어린 시절 그리고 지나온 시간을 추억보다는 고통으로 바라보고 있을지도 모른다. 만약 그처럼 발목 잡는 과거의 시간이 있다면 훌훌 털고 지금 자기 삶을 최선을 다해 살아가는 현재를 응원하는 시간을 더 많이 할애하고, 위로하고 힘쓰는 시간을 만들어가기를 바란다.

이것은 비단 나의 동생들뿐만이 아니라 대한민국의 많은 동생과 오빠, 형, 누나들에게 전하고 싶은 말이다. 우리는 그 순간 그 상황이 어떠했건 결과가 어떠했건 나름의 최선으로 살아왔고 살아가고 있기 때문이다.

동생들을 통하여 어느 순간부터인가 나도 나를 위하여 열심히 살아가는 방법을 생각하게 되었고, 나를 위해 산다는 것은 "나만 잘살면 돼"와는 다른 의미이다.

내가 나를 위하여 잘 살아간다는 것은 다르게 표현하면 부모 탓, 환경 탓, 남 탓, 세상 탓, 등등의 탓으로 살아가는 것이 아니라 부모를 위해서, 주변을 위해서, 세상을 위해서 그리고 가족을 위해서로 즉 나를 포함한 무엇인가를 위해서 살아가는 삶의 중심에 나라는 존재를 가져다 놓는 것이다.

그 생각은 나에 관한 관심을 가지게 하고, 내 삶에 있어서 새로움이라는 단어에 흥미를 느끼게 하였으며, 새롭게 살아가고 싶은 내 마음의 소리와 생각에 집중하게 하는 시작이 되었다,

나의 새로움을 만나는 순간 매일 설레고 매일 열심히 내 삶에 최선을 다하는 방법을 배우기 시작했다.

학교에서도 집에서도 그 누구도 자신의 삶에 최선을 다한다는 것이 어떤 의미인지 어떤 느낌인지 이야기해

주지 않았다. 누구도 어디서도 가르쳐 주지 않았다.

아니다. 정확히 말하면 내가 내 심연의 소리를 듣지 못하고 들으려 하지 않았다.

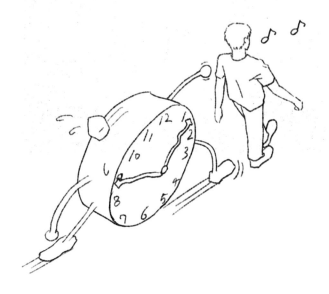

누군가가 나에게 하는 의미 있고 가치 있는 말도 나는 듣지 못했다. 아니 정확히 말하자면 들으려 하지 않았다는 것이 맞다.

내 안의 소리를 듣기 시작하면서 정말 기적 같은 많은 일이 정신없이 이어져갔다.

고등학교를 졸업하고 군대를 마치고 사회에 나와서 일용직이든 취업이든 나는 그 어떠한 것도 마다하지 않았다. 마다할 처지도 아니지만, 그전과는 다른 나를 만들어가기 시작했다는 것이 맞을 것이다.

그럼에도 내 마음 한편에는 편안한 가정에 대한 로망이 있었다. 편안한 가정이라고 하는 환경에서 한번 살아봤으면 어땠을까! 집이 좋고, 크고, 부자고 그런 것이 아니라 평범하고 편안한 가정이 있으면 어땠을까 하는 아쉬움이 있었다.

그 아쉬움을 하늘이 알아주듯이 20대 청춘의 나에게 인연이 나타났다. 그녀는 나에게 과거에도 현재에도 미래에도 나의 비전이고 로망이고 내가 원했던 평범한 가정의 모습이고 엄마이고 친구이고 아내이면서 동반자이다.

내가 과거에도 현재에도 듣고 싶고, 하고 싶고, 되고 싶은 것을 이룰 수 있는 자원이고 원천이 되었다.

주변 사람들이 나를 향해 "쟤가 잘될 수 있겠어?" "잘될 꼴이 아니야"라고 생각을 하고 있을 때 내가 잘될 사람이라고 손을 잡아주었던 이가 아내이다.

아내와 나를 생각하면 선녀와 나무꾼 이야기가 떠오른다. 가냘프기 그지없고 작고 여린 아내는 늘 나를 될 사람, 된 사람, 괜찮은 사람, 쓸만한 사람으로 만들어주었다.

극심한 결혼 반대로 마음고생도 많이 했지만, 아내는 마음고생을 넘어 늘 내가 하는 일과 내가 이루고 싶은 일에 더 많이 집중할 수 있게 했다.

아내를 통하여 얻는 위안과 위로는 늘 새로움에 도전하게 했고 그 도전은 좀 더 그리고 또 좀 더 성장하고 성숙해가는 나를 만나게 했다.

그랬다!

내 안에서 울리는 소리가 간절하고 그 간절함이 외부에 들리기 시작하면서 나는 애벌레처럼 허물을 벗고 밖으로 밖으로 나아갈 수 있었다.

난 늘 가정에 최선을 다하는 가장, 늘 꿈꾸던 평범한 가정, 웃음이 있고, 위로가 있고, 격려가 있고, 다툼이 있고, 화해가 있고, 신뢰가 있는 가정, 어려운 일을 함께 의논하고, 이해하고 서로 지지해주고 의지가 되는 가정을 이루게 된 것이다.

아내와 유치원을 하면서 점점 생활은 나아졌고 나는 새삼 공부에 대한 욕심이 생겨 늦깎이 공부를 시작했다.

참 감사하게도 나의 아픔일 줄 알았던 과거의 시간이 누군가의 비전이 되었으면 하는 더 큰 꿈을 꾸기 시작했다.

대학을 다니고 대학원을 다니고 내가 이렇게 공부를 하고 싶어 했나? 라고 스스로에게 자문을 해보니 그랬다. 주변 환경에 치여

너는 안돼!

네가 되겠어! 라는 반응들을 내 것인 양 집어삼키며 그렇지 안 되지 당연히 내가 성공하면, 잘되면 안 되지! 안돼야 하는 나를 향해 전력 질주했다.

그 모든 것을 핑계 삼아 남의 탓을 하면서 한동안 살아왔다면 전환점을 통하여 "아하" 아니네! "이건 내가 원하는 것이 아니네"라는 생각과 마음을 헤아려 알아차리기 시작하면서 목표를 만들고 목적을 만들고 그런 것을 이룰 방법을 만들어가는 모습을 발견하였다.

내가 봐도 참으로 기특했다. 위하여 사는 삶을 살아간다는 것의 의미를 조금씩 알아가고 있었다.

이처럼 우리는 누군가가 내게 전하는 말 한마디가 나인 양 덥석 집어삼키지는 않았는지 생각해보아야

겠다.

나를 돌아보면 참으로 많이도 삼켜버린 것 같다. 어쩜 지금도 그러고 있지는 않은가? 하고 나에게 되묻기도 한다.

살아가면서 진정으로 간절히 원했던 것이 무엇이었는지 진정 그것을 원하는 것이 누구의 말이나 반응 때문이었는지 아니면 그것이 나의 삶을 위하고 주변을 위하는 것에 관한 간절함이었는지 그 간절함을 이루기 위하여 우리는 수도 없이 많은 시행착오를 경험하곤 했다.

어떤 이는 이러한 간절함을 통하여 좌절을 경험하기도 또 어떤 이는 교훈을 얻기도 그리고 또 어떤 이는 또 다른 성공을 위해 나아가기도 한다.

성공은 내가 원하고 바라는 그 무엇인가를 이루어 나아가면서 비롯되는 많은 과정 중에 있는 하나의 과정이다. 그것을 나는 성공이라고 말하고 있다.

무엇인가의 최종의 결과만이 성공이 아니라 그 과

정에서 이루어 내는 크고 작은 경험과 교훈이 곧 우리의 삶을 전체로 바라볼 때 성공이 되는 것이다.

지금 어딘가에서 자신이 실패한 인생이라고 한 번이라도 생각해 본 적이 있다면 지금 그 생각을 할 수 있는 그 시간이 당신에게 그리고 우리에게 새로운 깨달음이라는 성공을 경험하게 해주고 있다.
이제 새로운 성공을 만나기 위해 우리는 다시 움직여야 한다는 것을 의미하기도 한다.

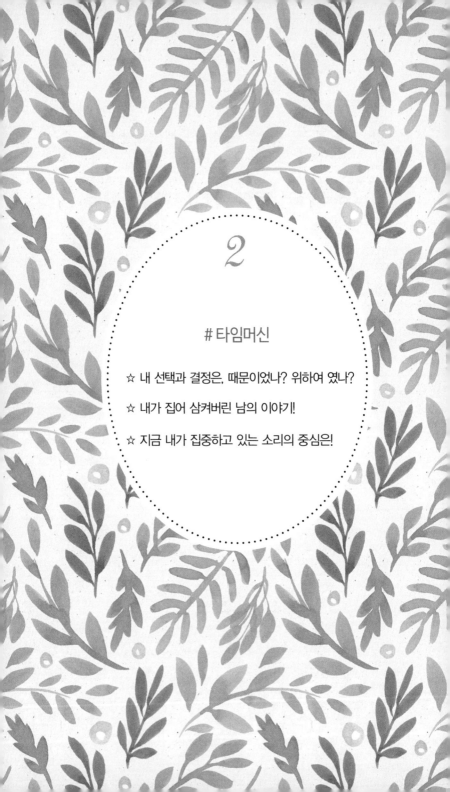

2

타임머신

☆ 내 선택과 결정은, 때문이었나? 위하여 였나?

☆ 내가 집어 삼켜버린 남의 이야기!

☆ 지금 내가 집중하고 있는 소리의 중심은!

내가 살아 온 시간의

미안함

고마움

이해

3
—
과거의 시간을
주워 담는 사람

현재를 살면서
과거에 속하는 사람들 이야기

　과거 하면 떠오르는 단어가 대부분의 사람들은 추억이라고 말할지 모른다. 그 추억이라는 단어는 다시 우리의 감성을 살며시 건드려 주기도 한다. 이것이 아름다운 서정시나 수채화 같은 그림으로만 남아있을 수 있다면 참 아름답다고들 이야기할 것이다.

　나에게 있어 과거의 시간을 떠올리는 순간은 잔잔한 서정시도 은은한 수채화도 없다.

　학비가 없어 늘 눈치를 보며 학교에 다녀야 했고 그나마 나와 놀아주고 상종이라도 해주는 친구들은 그저 고맙고, 어쩌다 친구 집에 가서 밥이라도 한 끼니 얻어먹을라치면 누가 주지도 않는 눈치로 한 끼

먹는 양보다 많이 눈치로 배를 채웠다.

집에 가도 특별히 반기는 이도 없고 집에 안 가도 특별히 찾는 사람도 없이 그냥 갈 곳이 없어 가야 하는 곳으로 내 기억에 남아있는 장소 중의 하나가 집이다.

나는 그랬다. 누구에게인가 잘 보이고 싶고 누군가는 나를 좀 봐주었으면, 빈말이라도 좋으니 나도 괜찮은 사람이라는 소리 한번 들어보고 싶었다.

항상 이유도 없이 눈치를 보고 살던 나는 지금도 습관처럼 상대를 더 많이 살피고 상대가 조금이라도 언짢은 기색을 보이면 금세 위축이 되어 작아지는 나를 보곤 한다.

이런 습관을 처음에는 상대를 헤아리는 것이라고, 또는 상대를 이해하는 것이라고, 배려하는 것으로 생각했다.

나는 나에게 제대로 속았다. 아니 속였다.

　그런 과거로부터의 반복되어온 시간 속에 젖어있는
습관은 내가 그런 사람이라는 믿음을 가지고 신념으
로 살아가게 했다.

　다시 상황을 들여다보니 남들의 반응에 눈치를 살
피며 늘 행동을 모호하게 하거나 적당한 표현을 하
여 상대로부터 오해를 사는 일들도 의외로 생각보다
많았다는 것을 알았다.

　그렇다. 우리가 과거로부터 아무렇지 않게 가지고

와서 행하는 많은 언행이 되레 상대에게 상처를 주거나 불필요한 기대를 만들어 내는 경우도 많다는 것은 알고 있을 것이다.

묘하게도 아는 것과 다르게 그러한 행동이든 생각이든 그전에 하던 것을 멈추고 새로운 것을 담아내기는 의외로 쉽지 않다.

생각에 날개를 단다는 말을 들어본 적이 있을 것이다. 생각에 날개를 단다는 말은 대부분 긍정적으로 사용되는 것이 대부분이지만 나는 이렇게 해석하고 싶다.

생각에 날개를 단다는 건 내가 하는 생각이 꼬리에 꼬리를 물고 어디까지고 날아다닌다는 의미로 말이다.

나는 그랬다. 내가 너무 당당하게 행동하면 눈치가 없다고 하겠지!

내가 솔직하게 이야기하면 상대가 상처를 받겠지!

내가 솔직히 말하면 상대가 믿으려나.

내가 혹시 자신을 우습게 여기거나 무시한다고 생각하지는 않겠지!

내가 사실 또는 솔직히 말하면 관계가 깨지지는 않겠지!

라고 생각하는 것에서 끝나지 않고 눈치를 살피는 버릇이 스멀스멀 올라오면서 날개를 달고 날아다니기 시작한다.

그리고는 아주 멀리 너무 멀리 가버린 생각은 당연한 것처럼 계속 반복적인 결정과 반복적인 언행을 하게 한다.

대부분의 사람도 어쩌면 나처럼 이렇게 생각하고 있을 수 있다.

기껏 생각해서 그렇게 해주었는데...!

여기서 말하는 생각이라는 것이 누구를 위한 생각처럼 느껴지나! 이미 우리는 알고 있다.

상대가 아닌 자신을 위한 것일 수 있다는 것을.
나도 그랬다.

이처럼 나에겐 알게 모르게 젖어버린, 상대의 형편
을 더 많이 살피는 습관이 있었다.

살아오면서 이러한 습관이 꼭 나에게 독이 되었던
것만은 아니다. 적절히 유용했다. 나를 보호하기도
했고, 적당한 거리를 유지하며, 사람들과의 관계를
이어오기도 했다.

이미 고정된 나만의 방식으로 상대가 동조해주길
원하고 있을 때가 많았다.
우리 일상에서 의사소통이 이런 방법으로 이루어
지고 있지는 않았는지 생각해보았다.

그러다 문득 이런 습관으로 살아온 나를 돌아보니
내가 나에게 상처를 주고 있다는 것을 알았다. 상처
의 내용은 섭섭함, 서운함, 배신감, 억울함, 그리고

미안함 등으로 내 삶에 독을 만들고 있었다.

어떤 경우든 불편함이라는 감정이나 상황이 사람이 살아가는 데 약이 되어 주지는 못한다. 걸림돌이 될지언정 말이다.

혹여 나의 지난 시절의 삶이 굶주리고 무시당하고 소외되는 삶을 살아왔을지라도 굳이 지금도 그때의 내 모습을 마음에 담고 살아야 하는 것은 아니다.

어쩌면 우리는 과거의 나보다 나이는 먹고 삶은 달라졌으나 그 시간에 멈춰 있는 것은 아닐까? 하는 생각에 나도 놀라지 않을 수 없었다.

삶을 살아오면서 득보다는 실이 많았다고 생각해 본 적이 한 번쯤은 있었을 것이다.

실의 내용에는 금전적인 것도 시간적인 것도 감정적인 것도 있을 수 있다. 이러한 상황에서 우리가 제일 먼저 떠올리게 되는 것이 상대 즉 대상이다.

이러한 모든 상황에는 나와 대상이 존재해야 하는데 우리는 부지불식간에 나는 어디론가 보내버리고 상대에 관한 내용으로 상황을 해석하려 하는 경우가 많다.

가족이든 친구이든 조직이든 대부분 관계라는 것은 사람이 살아가는 크고 작은 사회의 중심에서 일어난다.

왜 나는 쉽게 넘어가는 일이 없지!
왜 나만 이런 상황에 놓여야 하지!
왜 나만 일이 잘 안 풀리지!
왜 나만 참아야 하지!
왜 나만 많은 것을 포기하고 살아야 하지!
왜 나만 손해를 보고 살아야 하지!

한 번쯤은 이런 생각을 해본 적이 있었을 것이다.

이 말을 각각의 개인이 아닌 누구나가 그렇다고 일반화하면 우리는 모두 어느 누구라고 할 것도 없이 모두 힘겹게 살아가고 있다는 것이다. 즉 나만이 아니라는 것이다. 그런데 나만 그런 줄 알고 살았던 시간이 나는 있었다.

오래전 읽은 어느 도서 중 『오래된 나를 떠나라』라는 책이 있다. 그 안의 내용 중 이런 글귀가 있다. "불평을 늘어놓지도 말고 설명하려 애쓰지도 말라." 그 당시는 그래 나만 열심히 살면 되는 거지! 라고 이해했다. 그러다가 얼마 전 그 글귀가 나에게 다시 말을 걸었다.

내가 잘 안 되거나 풀리지 않는 문제들에 관해선 설명과 핑계와 탓을 하고 내가 잘된 것에 관해선 내가 노력한 대가야! 라고 착각하고 살지는 않았느냐고 말이다.
과거에 대한 추억이 없었던 것이 아니라 지금 나를 더 빛나게 하고 싶어 과거의 수없이 많은 기억 중 고통의 시간을 더 많이 담고 있었다.

과거에 내가 고통 또는 어려움이라고 말하고 있는

그 시간들이 지금에 나에게 살아가는 방법을 가르쳐
준 스승임을 알게 되었다.

　　그 고통과 굶주림이라고 말하고 있는 나의 과거의
시간에 실패도 하고 어렵게 살아도 보고 어린 시절
질풍노도를 겪기도 하면서 나에겐 배짱이라는 것이
조금 생겼다.
　　내가 해낼 수 있는 목표를 짧게 잡아서 빠르게 도
달하고 새로운 목표를 세워 성공을 경험하면서 작은
성공의 경험을 쌓아 원하는 목표를 이루는 방법도

알게 되었다.

과거를 무용지물로 만들고 그곳에서의 흔적을 모두 지우고 살자는 의미가 아니다. 그 시간을 버티고 살아온 우리는 참으로 장하고 기특하다. 그러나 지금 우리가 두 발을 딛고 서 있는 곳은 지금 이곳이어야 할 것이다.

우리가 지금까지 과거의 삶을 담아 현재까지 살아남아 있는 것처럼 현재를 담아 미래를 살아가야 한다는 것을 너무도 잘 알고 있기 때문이다.

지금 이 순간부터, 아니 매 순간 현재를 살아가지만, 미래를 위해 살아야 한다는 것 또한 우리는 모두 너무도 잘 알고 있다.

우리가 매 순간 미래를 준비하지 않는다면 과거라고 말하는 것 중에서 내가 진정 되돌아가고 싶지 않고 굳이 떠올리고 싶어 하지 않을 요소들이 다시금 나의 발목을 잡고 내가 담아 온 것에 대한 미련과 후회를 반복하게 한다.

과거 내가 담아온 것들이 지금 현재 나의 삶에 걸림돌이 되고 있다면 우리는 이제 내가 원하고 바라는 미래의 내 모습을 위하여 내가 가지고 있는 짐을 내려놓고 짐을 가볍게 하여 미래라는 먼 여행을 준비해야 할 아주 좋은 때이다.

과거의 우리의 어떠한 것을 담고 또 어떠한 것을 비울 것인지는 온전히 나의 선택이며 결정이 될 것이다. 지금 여기까지 살아오면서 과거로부터 담아온 내 인생의 짐 가방을 매일 매일의 오늘을 살아가기 위하여 다시 꾸려야한다.

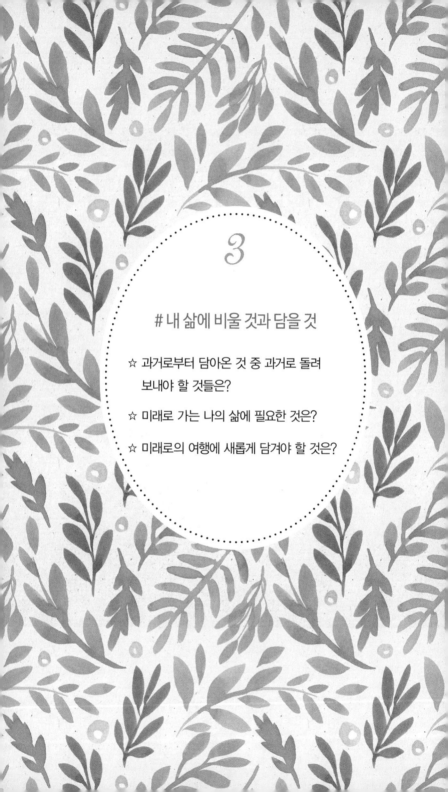

3

내 삶에 비울 것과 담을 것

☆ 과거로부터 담아온 것 중 과거로 돌려
   보내야 할 것들은?

☆ 미래로 가는 나의 삶에 필요한 것은?

☆ 미래로의 여행에 새롭게 담겨야 할 것은?

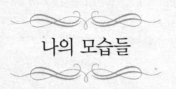

나의 모습들

과거의 것들

....

....

....

....

....

....

....

....

....

....

....

나의 필요

나의 새로움

4

살아가는 것이 성공

우리가 모르는
매일 이루고 있는 성공

　우리가 지금 이곳에서 과거의 이야기를 나누고 또 지금의 모습을 이야기하고 나아가 미래를 이야기 하고 있다면 어떠한 방법으로든 우리는 어제를 이겨내고 오늘을 이겨내고 있고 미래를 향해 살아가고 있다는 것을 의미한다.

　우리에게 주어진 시간을 얼마나 잘 살았느냐!
　얼마나 힘들게 살았느냐!
　얼마나 대충 살았느냐!
　얼마나 바쁘게 살아왔느냐!
　얼마나 허무하게 살아왔느냐! 하는 살아온 삶의 내용이라기보다는 지금 여기에 존재하고 있음을 말한다.

이 시간에 우리가 존재한다는 것은 그것이 옳은 것이든 그른 것이든 다양한 형태의 성공을 이루었음을 증명하는 것이다.

우리는 매일 희망을 이야기하며 그리고 그 희망의 거리가 좁혀지지 않아도 늘 내 것이 될 거라는 믿음이 있어 살아간다.
크고 작은 기쁨을 모아 내일의 희망을 향해가는 에너지로 살아가고 있다.

한 번도 웃어보지 않은 양, 한 번도 즐거워 보지 못했던 양 생각하고 말하고 있을지라도 분명 우리에겐 희망이 있었다.

나도 그랬다. 세상에서 나처럼 힘들게 억척스럽게 살아가는 사람이 얼마나 있을까?
나는 왜 늘 죽을힘을 다해서 살아야 하는가? 하고 생각하던 때도 있었다. 내 주변의 모든 부정적이라고 여겨지는 상황이 나에게만 해당하는 이야기라고 말이다.

아니었다. 내가 살아온 시간을 찬찬히 들여다보니 참 많은 희망을 옆구리에 차고 있었다. 그것이 나를 살아가게 했다는 것을 모르고 살아왔다.

지금, 이 순간 나에게는 왜 늘 불공평해!
내 삶은 정말 희망이 없어!
내 삶은 불행의 연속이야!
무엇을 해도 난 안 돼!
내가 어떻게 그렇게 할 수 있겠어!
하면 뭐해 안 될 텐데!
말이 쉽지, 누구나 다 되면 그게 성공이야!
되는 사람은 다 따로 있지! 라고 불평을 한 적이 있을 것이다.

자신의 옆구리에 끼어 있는 희망을 보지 못하고 있다면 자신이 지금까지 살아오면서 이루고 해왔던 성공에 관한 이야기를 끄집어내는 시간을 가져야 한다.

우리는 조금은 나아질 내일을 위하여, 참 많은 것을 감수하며 살아왔다는 것이다.

대부분 가장은 가족을 위하여 자신의 시간을 일말의 아쉬움도 없이 내놓았으며, 아내들은 가족의 평안을 위하여 자신의 온 마음을 내어주며 공을 쏟아붓고 살아간다.

어디 이뿐인가?

어린아이는 어린아이대로 청소년들은 청소년대로 청년은 청년대로 장년은 장년대로 중년은 중년대로 그리

고 우리처럼 노년의 길목을 바라보는 60대의 청춘들
도 각각의 자신의 위치에서 옆구리에 희망을 어떠한
방법으로든 주변에 나누고자 애써 힘쓰고 있다.

이것을 나는 성공이라 말하고 있다.

어느 때인지 나도 젊은 청춘이던 그 시절 참 어리석
었던 때가 있었다. 내가 나의 삶에 쇠고랑을 채우던
시절 가난이 죄인 줄 알았다.

의기소침함이 죄인 줄 알았다.

복잡한 나의 환경이 죄인 줄 알았다.

요즘 말로 불우한 가정이 죄인 줄 알았다.

성적이 나쁜 것이 죄인 줄 알았다.

당당하지 못한 것이 죄인 줄 알았다.

맘 둘 곳이 없어 방황하는 것이 죄인 줄 알았다.

좋은 직장에 들어가지 못하는 것이 죄인 줄 알았다.

참으로 많은 쇠고랑을 내 마음에 채워 놓고는 남
들이 풀어 주지 않는 것이라 불평을 해 본 적도 있었
다. 이러한 불평과 쇠고랑은 나를 옴짝달싹 못하게

만들었다.

내가 걸어놓은 쇠고랑을 스스로 풀어야 한다는 것을 알게 되었다. 내가 풀어주는 각각의 쇠고랑들은 나를 자유롭게 만들고 나의 성공을 알아차리게 하고 나의 옆구리에 쑤셔 박아놓은 희망을 향해 나가고 싶은 열정을 만들었다.

내가 무엇인가 해내었다는 내 삶의 성공목록은 또다른 무엇인가를 해 낼 수 있다는 자신에 대한 믿음을 조금씩 키워나가게 한다.

나에 대한 믿음을 키운다는 것은 단순히 개인의 성공만을 의미하는 것 이상을 넘어 살아가는 것이 성공이라는 의미를 다시 정의하게 돕는다.

성공은 나만을 의미하지 않으며 그 성공이라는 것은 아주 많은 변화를 만들어 내는 흥미로운 단어이다.

나만의 성공이라고 명명해 버리면 그냥 혼자 살면 된다. 자신만의 공화국을 만들어 누구를 헤아리거나 돌아보거나 할 필요가 없다.

살아가는 것이 성공되기 위해서는 주변의 관계라는 묘한 변수가 적용된다. 살아가는 것이 성공되기 위해서는 많은 전제 요건들이 있다.

예를 들어 어떤 사람이 엄청난 부를 이루었으나 주

변을 돌아보지 못하는 삶을 살고 있다면 우리는 그를 보고 성공했다고 칭찬을 하기보다는 피도 눈물도 없는 인간이라고 비난을 퍼부을 것이다. 이것을 우리는 성공이라고 말하지 않을 것이다.

또 어떤 사람이 엄청난 명예를 얻었다 하자. 자신의 명예를 방패 삼아 주변 사람을 무시하고 소외시키는 사람이 있다면 이 또한 우리는 이 사람을 성공한 사람이라고 말하지 않을 것이다. 꼴값이라고 손가락질을 하게 될 것이다.

또 어떤 사람이 주변 사람들에게 아주 관대하고 포용력이 있고 지식이 높은 사람이 있다고 하자. 그런데 정작 가정은 돌보지 않고 가족에게는 난폭하고 책임감이 없는 사람이 있다면 이 사람을 우리는 성공한 사람이라고 말하지 않을 것이다. 주제 파악을 못 한다고 수군거릴 것이다.

살아가는 것이 성공이고 성공한 사람이 된다는 것

은 나만 보는 시각에서 그 범위를 넓혀 주변을 두루 보는 시각과 다양한 견해를 수용하고 살아가는 사람들의 이야기이다.

나를 통하여 누군가가 행복하고, 희망을 품고, 열정을 가지게 하고 자신을 점검하고 되돌아보면서 늘 미래의 삶을 위한 궤도를 수정해 나가고 있는 우리가 바로 성공한 사람들이라고 말하고 있다.

나눌 수 없고 나누지 않는 성공을 진정한 성공이라고 말할 수 있을까?

존폴미첼시스템스 회장 존 폴 데조리아는 "나누지 않는 성공은 실패와 동의어다."라고 말하고 있다.

성공을 향해 크고 작은 목표를 만들어가는 과정은 이기적일 수 있다. 그러나 그 성공의 결과는 이타적이어야 한다. 성공이 이타적이라는 것은 성공이 박수를 받을 만하다는 것을 의미한다.

우리는 매 순간 많은 성공을 만들어 내고 있다. 다만 내가 이루어내고 있는 성공을 성공인지 잘 모르고 있거나 성공의 의미를 거대한 무엇이어야 한다고 생각하고 있을지 모른다.

매 순간의 성공들이 모여 지금의 모습을 만들어 내었다는 것은 결국 성공이라는 것이 그렇게 대단하고 엄청난 게 아니라 늘 곁에 있었다는 뜻이다.

내가 알아주지 못하고 또 알아차리지 못하고 거기에 더하여 자신조차도 자신의 성공을 성공이라 여기지 못하고 있었다는 것이다.

우리가 이루어낸 성공들에 관한 이야기는 참으로 많다.
등산하여 정상에 올랐던 일
가정을 이루고 살아 온 일
곧 죽을 것만 같았던 어려운 일을 헤쳐 온 일
가정을 지탱해오기 위해 아주 열심히 한 일

전혀 모르는 누군가를 위하여 마음을 쓴 일

주변에 어려운 일을 내 일처럼 했던 일

자녀들의 졸업식을 뿌듯하게 바라봤던 일

이웃돕기 성금을 냉큼 내었던 일

10년 동안의 적금을 타서 뿌듯했던 일

사람들과의 관계에서 먼저 사과했던 일

진심으로 누군가를 응원했던 일

이처럼 너무도 많아 나열할 수 없을 만큼 우리는
성공을 경험했음에도 그것이 성공인지 모르고 있다.

우리가 생각하는 별것 아닌 것 같은 일상이 늘 나의 성공과 함께하고 있다.

만일 오늘 하루를 살아낸 성공을 보지 못한다면 내일의 성공도 볼 수 없다. 어제 그리고 오늘의 성공을 본다는 것은 내일의 성공을 보게 한다.

어제와 오늘의 성공을 찾을 수 없어 힘겹고 비참하게 보내고 있다면 내일의 성공을 경험할 가능성은 거의 없다.

오늘 이루지 못하고 이루어 낸 성공을 알지 못하면 내일 그리고 또 내일도 그처럼 자신이 바라는 성공은 그저 남의 이야기로만 남아있을지도 모른다.

오늘 찾은 내가 만들어가는 성공의 의미는 내일을 살게 하고 내일 내가 만들 성공의 의미는 한 달 그리고 일 년 이렇게 미래의 더 많은 성공을 만들어 내는 원천이 된다.

가장 빛나는 별은 아직 발견되지 않은 별이고,
당신 인생의 최고의 날은 아직 살지 않은 날이다.
자신에게 길을 묻고 스스로 길을 찾아라.
꿈을 찾는 것도 당신,
그 꿈으로 향한 길을 걸어가는 것도 당신의 두 다리,
새로운 날들의 주인도 바로 당신이다.

- 토마스 바샵 "파블로 이야기"중에서 -

우리가 살아가는 것은 성공하기 위함이 아니라 이루어낸 성공 덕에 살아가는 것이다. 이 시대의 젊은 청춘들이 혹여 어렵고 힘든 시기의 사회에서 성공이 자신의 최종 목표라고 생각하고 성공하지 못했다는 생각에 좌절하고 힘겨워하고 있다면 이 말을 꼭 전하고 싶다.

60대의 청춘인 나는 젊은 청춘들에게 지금까지의 이루어낸 일상의 성공 경험만으로도 잘살고 있으니 내일의 성공을 만들고 또 내일의 성공을 만드는 자신을 믿으라는 응원의 메시지를 전한다.

　나의 젊은 청춘에 누군가의 진심 어린 응원이 필요
했던 것처럼 그들에게도 살아가는 것이 성공이 되기
를 응원하는 누군가가 필요할 것이다.

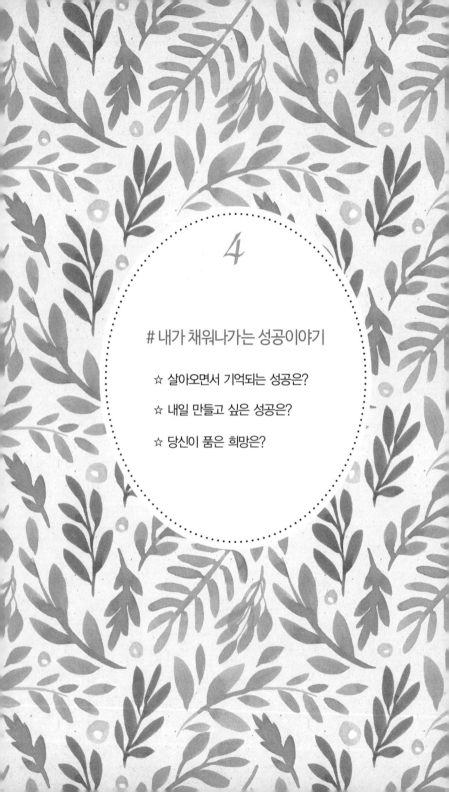

4

내가 채워나가는 성공이야기

☆ 살아오면서 기억되는 성공은?

☆ 내일 만들고 싶은 성공은?

☆ 당신이 품은 희망은?

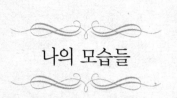

나의 모습들

기억 속의 성공

....

....

....

....

....

....

....

....

....

....

....

내일의 성공

희망

5

감사가 만드는 기적

오늘도 언제나처럼 감사합니다

감사합니다, 라는 말을 얼마나 하고 살아왔는지 생각해 본 적이 있었나 싶다. 입으로 감사를 넘어 진심으로 감사를 해본 적은 또 얼마나 있었나 하고 생각을 하니 의외로 많지 않을 수도 있었겠다! 는 생각이 든다.

나는 감사의 진정한 의미보다는 그냥 예의로 일상으로 형식적으로 그리고 습관적으로 감사합니다, 라고 하지는 않았나! 생각해본다.

누군가에게 감사하다는 표현을 한 기억이 있습니까? 라고 누군가 물어 온다면 내면의 기억과 경험 그리고 상황이 하나로 연결되는 내용들이 떠오를 것이다.

감정만으로도 상황만으로도 그리고 기억 즉 생각만으로도 아닌 하나로 연결되는 스토리가 있을 것이다. 여기에 더하여 내가 무엇인가를 받았다는 강한 경험이 자리하게 된다. 이처럼 우리가 말하고 있는 감사는 대부분 내가 받은 것이 있고 감동이 있었다는 큰 그림을 그리게 된다.

무수히 많지만, 그중에서도 감사라는 단어를 떠올리면 제일 먼저 떠오르는 것은 중학교 시절 새로 발령받아 오신 여선생님이다. 학교에 다니면서 최초로 나에게 심부름이란 것을 시켜주신 선생님이셨다.

그 시절에 선생님이 심부름을 시키는 사람은 대부분 임원급 학생들이어서 누구도 말 한 번 제대로 걸어주지 않는 나에게 심부름을 시켜주는 사람이 있구나! 하는 생각에 갑자기 내 몸에서 날개가 돋아나 나는 것같이 좋고, 고맙고, 감사했다.

두 번째 기억은 고등학교 때 학생주임 선생님이셨

다. 그날도 혼날 일이 있어 손을 들고 벌을 서고 있었다. 이제 학생주임 선생님이 오시면 엄청나게 혼날 상황이라 겁을 잔뜩 먹고 이제 죽었구나! 하고 있었다.

얼마의 시간이 지났을까 학생주임 선생님이 오셔서는 앞으로 열심히 잘해! 하시는 것이었다. 나에게는 엄청나게 사람대접을 받은 듯했고 지금도 감사라는 단어를 떠올리면 가장 먼저 나오는 이야기다.

누군가에게는 아무렇지 않은 일상의 이야기일 수

있을 법한 이야기이지만 나에게는 특별히 내 경험 속의 두 번의 감사는 이랬다.

나도 사람대접을 받을 수 있구나! 나도 열심히 하면 될 수 있겠구나! 하는 새로운 나를 만나고 싶은 욕구를 만들었고 목표를 만들었다.

감사를 단순히 받은 것이 있고 감동이 있는 것이라고만 정의하기에는 그 의미가 너무 크고 깊다.

감사는 자신의 해석이 아닌 얼마나 그것에 의미를 부여하고 수용하였는가와 얼마나 삶에 반영하고 살아왔는가에 대한 것이다.

나는 어리석었다. 누군가가 나에게 감동을 주고 이해를 해주고 배려를 해주고 무엇인가 내가 받고 상대방은 나에게 무엇인가를 주어야만 감사라고 감사의 의미를 이기적으로 해석하고 살아왔다.

감사의 의미를 정확히 이해하지 못하던 때에 나에게 감사의 의미는 설 명절 아침 어른들에게 세배하고 기다리는 세뱃돈 같은 의미였다.

못 받으면 속상하고, 적게 받으면 섭섭하고 많이 받으면 신나는 세뱃돈과 같은 의미였다.

나는 또 배운다. 감사가 내 삶에 얼마나 많은지와 그 감사의 의미를 어떻게 해석해야 하는지. 내가 살아온 삶에 감사는 내 삶 전체를 덮고도 남을 만큼 많았음을 정말 "이 나이 먹도록" 몰랐음을 인정하지 않을 수 없다.

최근 내게 다가온 감사의 의미는 새로 쓰는 역사책을 읽는 느낌이다. 앞에 언급했던 것처럼 무엇인가 받은 것에 감사라는 의미에서 감사는 이득, 이익이라고 말할 수 있다.

이제 새로이 알게 된 감사는 비난, 멸시, 가난, 고통, 무시, 소외 등의 부정적인 상황과 환경, 사람, 관계를 통하여 얻게 된 감사에 관한 이야기이다.

넌 안돼!

넌 못해!

넌 틀렸어!

넌 망했어!

넌 잠자코 있어! 라는 말을 들으면서 참 많이도 속
상해하고 상처를 받았다.

하지만 나는 여기서 끝나지 않고 외부에서 들려오
는 이 같은 말을 내 마음속의 의지로 재해석하였다.

난 돼!

난 할 수 있어!

난 잘하고 있어!

난 잘될 거야!

난 하겠어! 라는 의미로 재해석하는 새로운 도전을
하게 했다. 한 마디로 오기이다.

이런 오기는 내가 가능하다고 생각하는 많은 것을 시도하게 했으며, 최종적으로 나는 내 삶의 주도권을 가지게 되었다.

나의 시련과 불편함은 나를 단련시켰고 이 시간 속에 상황이든 사람이든 내게는 참 소중하고 중요한 교훈이 되고 스승이 되었다. 이처럼 감사를 어떻게 해석하느냐 따라 더 많은 감사를 창출하게 한다.

캘리포니아대학 심리학 교수 로버트 에몬스는 고마움을 표하는 사람들은 그렇지 않은 사람에 비해 건강하고 낙천적이며, 긍정적이고 스트레스에 잘 대처하고 타인을 기꺼이 도우려는 마음이 생겨 관대해지고, 목표를 향해 더 나아간다고 말했다.

감사가 늘어난다는 것은 세상과 사람 그리고 자신에 대한 수용범위가 넓어지고 사건과 사람에 대한 오해보다는 이해의 범위가 넓어지고 있다는 의미이다.

감사가 늘어나는 것은 마음이 풍요로워지고, 삶에 자세가 경건해지며, 자신에 삶에 대한 가치와 의미를 깊이 있게 부여하고 존재에 대해 귀함을 알아간다는 의미다.

감사는 긍정적이고 원하는 것들로 이루어진 것만으로 한정되어 일어나는 것이 아니라 부정적인 것을 어떻게 바람직한 방향으로 해석하는가에 대한 부분도 함께 포함하고 있다.

많은 것이 결핍되고 부족했다고 생각되는 어려운 환경에서 자란 나는 결손가정, 불우한 환경의 가정,

소외된 환경의 청소년들을 위한 프로그램과 정책이 있으면 좋겠다는 생각에서 시작하여 실제로 시의원이 되어 전국에서 최초로 학교 내 사회복지실을 설치하는 조례를 만들었다.

나의 불우한 청소년 시절은 방황하는 청소년들에게 방향을 찾는 방법에 동참하여 청소년들과 함께하는 일에 열정과 사명감을 가지고 일하는 나를 있게 했음에 감사한다.

나의 어려웠던 가정형편은 나와 같은 사람들 편에서 이해하고 공감하고 그들을 위해 할 수 있는 것을 찾는 사람으로 나를 단련시켜 주었다.
어려운 나의 가정형편이 지금의 나를 있게 했음에 감사한다.

이 얼마나 감사한 일인가! 나에게 감사의 시간은 과거와 현재 미래에도 새롭게 해석되고 새로운 감사로 충만하게 만들 수 있다는 것을 알게 되었다.

여기에 이어 자신에게 감사해야 하는 이유와 방법을 찾는 것도 빼놓을 수 없다.

내 주변에서 일어나는 모든 현상에서 감사를 만들고 감사라고 해석해 내는 사람 즉 결정자는 나이기 때문이다.

감사가 완전해지려면 상황과 감정과 생각이 상호 동의가 이루어져야 한다. 감사의 이유, 내용의 해석, 그리고 원하는 감사의 결과를 만들어 내야 한다.

그 시작은 아주 보잘것없고 우스워 보일 수도 있는 사소한 것에서 출발한다.

오래전 어느 작은 식당의 한쪽 벽에 커다란 글씨로 쓰인 감사에 대한 글귀를 보았다. 한 줄 한 줄 읽어나가며, 저거구나! 그렇지 한 적이 있다.

어디선가 한 번쯤은 접한 내용인 듯도 한데 그날따라 그 벽의 글은 엄청나게 크고 선명해 보였으며, 읽어 내려가는 내내 내 얼굴엔 웃음도 같이 있었다.

내용 중 일부는 이랬다.

이 시간 집에서 청소년인 내 아이와 언쟁하고 있다면,
내 아이가 밖에서 방황하지 않고 집에 있다는 것에 감사
이번 냉난방비가 많이 나왔다면 이달도 따뜻하거나
시원하게 잘 지냈다는 것에 감사

등의 내용이었다.

여기에 더하여 나도 모르게 나의 감사를 늘어놓았다.

무거운 60대 청춘을 받치고 다니는 신발도 감사

언제나 나를 꼭 끌어안고 다니는 외투도 감사

곤한 몸이 쉴 곳이 있음에 감사

세상에 존재하는 것에 감사

감사를 할 줄 아는 사람으로 사는 것에 감사

누군가에게 필요한 사람이 되고 싶어 하는 것에 감사 등등...

감사는 어느 곳, 어느 것이라고 말할 것도 없이 넘쳐난다. 비단 나만의 또는 특별히 누구에게만 해당하는 것이 아니다.

감사를 만들어 내고 감사를 표현하고 감사를 받아들일 줄 아는 삶은 어떤 모습인지 이미 알고 있다.

나의 삶에 더하여 타인과 나누는 감사가 이어지는 개인, 사회, 국가는 애쓰고 힘겨운 모습이 아닌 역동적이고 발전적인 모습을 만나는 매일 매일을 만나게 될 것이다.

　나는 이 시간을 만나는 설렘으로 더 많은 감사를 만들어간다. 감사가 기적을 만드는 시간은 온전히 우리의 선택이고 결정이다.

감사는 신체적으로나 정신적으로 위안이 된다.
더 많이 감사하는 사춘기 아이들은 덜 감사하는
또래보다 더 행복하고
학문적으로 더 열정적이며 우울증이 적고, 불안과
반사회적 행동이 더 적다.

– 로버트 에몬스 교수

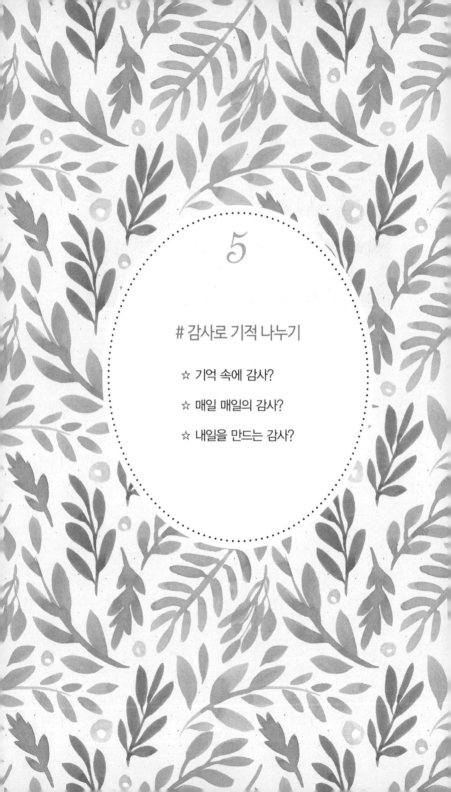

5

감사로 기적 나누기

☆ 기억 속에 감사?

☆ 매일 매일의 감사?

☆ 내일을 만드는 감사?

감사 저금통

기억의 감사

....

....

....

....

....

....

....

....

....

....

....

오늘의 감사

미래의 감사

....

....

....

....

....

....

....

....

....

....

....

....

....

....

6

늘 한곳에 있는 자리

나의 자리는
내가 갈 때까지 비어있다

인간의 삶에 빗대어 여정 또는 여행이라는 표현을 쓴다. 그 말이 의미하는 것은 다양하다. 다만 인간의 삶이 여정이든 여행이든 간에 다시 처음 그곳이 있다는 것을 우리는 안다.

그 여정이나 여행에 나서는 사람은 나다. 내 삶의 여행자는 나인 것이다. 세상에 많은 것이 변하고 또 나의 모습이 변하고 생각이 변해도 그 안에 존재로서의 나는 늘 한곳에 나라는 존재로 있다.

흔히들 이런 말들을 하곤 한다.
"내가 살아온 이야기를 글로 쓰면 소설도 장편소설이고 대하소설이야"라고 말이다.

그처럼 많은 이야기가 담겨있는 것이 인생이다. 그런데 나의 이야기가 대하소설이든 장편소설이든 주인공은 바뀌지 않는다.

앞서 이야기한 것처럼 나의 옛이야기는 결손한 환경, 가난을 동반자로 살던 불우한 가정환경, 부적응했던 청소년기, 인정받고 싶어 했던 젊은 날! 이 모든 시간에도 나의 자리는 늘 같은 곳에 있었다.

삶을 변화시키기 위한 목표 설정과 도전, 작은 성

공을 이루는 방법을 알아가던 시절, 과거의 나를 위로하기 위해 주변을 돌아보고 청소년과 청춘들을 만나던 시간 과거의 흔적을 감사로 만들어가는 시간에도 나의 자리 또한 늘 같은 곳에 있었다.

어쩌면 나의 행보는 지금의 내가 해낸 것을 축하하거나 즐기기보다는 과거의 나를 위로하는 시간에 살고 있다.

얼마 전까지 청소년재단에서 소외되고 방황하는 열

악한 가정의 청소년들을 위한 일을 했다.

지금 이 글을 쓰고 있는 나의 자리 또한 그곳에 있다. 그렇다면 그곳은 어디인가! 라는 생각을 하게 한다.

태어나 지금까지 나는 나라는 존재 그대로 있었다. 다만 나라는 존재를 어떨 때는 내 멋대로 폄하하기도 하고 또 어떨 때는 달래주기도 하고, 또 어떨 때는 종주먹을 쥐고 쥐어박기도 하고, 힘찬 응원을 해주기도 했다.

나를 폄하하고 달래주고, 종주먹을 쥐고 쥐어박고, 응원을 한 것도 나이며, 삶의 변화를 위하여 도전하고, 성공을 이루고, 나를 위로하고 매일 매 순간을 감사로 만들어가는 것도 나였다.

나는 그러한 모든 순간에 내가 있음을 알지 못하고 살아가는 동안 참 힘겹고 외롭고 나의 자리가 없다고 불평하면서 엄한 데서 나를 알아달라고 몸부림치며 살았다.

그 몸부림은 나와 유사하거나 비슷한 청소년들을 만나 그들의 필요에 온전히 집중하고 해결을 위해 발로 뛰고 청소년들과 함께 고민하면서 오히려 나의 자리가 어디인지 내게도 내 자리가 있다는 것을 조금씩 알게 됐다.

나의 청소년기와 청년 시절의 고통은 지금 힘들어하고 소외되고 갈 곳을 잃어 방황하는 청소년들을 가슴으로 만나고 관심을 넘어 그들에 삶에 동참하고 집중하여 해결하는 과정을 통하여 오히려 내 과거의 상처가 치유되고 있음도 알게 되었다.

나의 청소년기, 청년기는 40년, 50년 전의 이야기이다. 이제는 좀 사라질 법도 한 일인데 아직도 사회는 40년, 50년 전과 크게 다르지 않은 이유로 청소년들과 청년들은 고통스러워하고 힘겨워하고 소외되고 갈 곳을 잃어 방황하고 있다.

60대 청춘들이 젊은 날을 희생하고 감수하고 살아

온 것은 60대의 청춘들이 잘 먹고 잘살기 위함이 아니었다.

다음 세대, 미래세대, 자녀 세대이며, 지금의 청춘들이 행복하게 살 수 있는 사회를 만들기 위함이었는데 오히려 사회의 발전 속도에 맞추기라도 한 듯이 발전한 만큼 소외되고, 방황하고, 힘들어하고 있다.

사회가 발전하고, 경제가 발전하고, 최첨단과학이

발전하는 시대에 4차산업, 미래사회, NFC, 메타버스 등 이전 세대는 듣지도 보지도 못한 용어이나 지금 세대에게는 선택의 여지 없이 친숙해져야 하는 용어 이고 이미 적응해가고 있다.

그런데 이 안에 사람이 없다. 이런 모든 변화를 상 징하는 많은 것이 쏟아져 나오고 있는 가운데 사람 은 없다.

변화도 좋고 발전도 좋고 혁신도 좋다. 하지만 나 는 사람이 더 좋다.

사람을 위한 변화, 사람을 위한 발전, 사람을 위한 혁신이 보이지를 않는다. 우리는 다시 자리를 잃어버 리고 있는 것은 아닌지 불안하다.

시간이 가고 사람이 가도 우리가 갈 곳은 있었고 각각 개인의 자리도 늘 있었다.

매일을 여생의 첫날로 시작하라

우리 모두는 가끔씩 좀 더 평온한 세계에서 살았으면

하고 바랄지 모르지만

현실은 결코 그렇게 되지 않을 것이다.

그러나 우리 시대가 어렵고 당혹스럽게 느껴지는 만큼

거기에는 우리를 위한 도전과 기회가

가득 차 있음을 알아야 한다.

-로버트 케네디

세상이, 내 미래가 그런 줄 알았다. 그리고 그럴 줄
알았다.

로버트 케네디의 이 말이 계속 유효했으면 좋겠다.
힘이 좀 들어도 좋다. 누구에게나 도전의 기회가 주
어지기만 한다면 말이다. 나의 자리가 있다는 희망을
품어도 된다면 말이다.

지금 어디선가 좌절하고 있는 누군가가 있다면 그
는 나다.
세상은 나 외의 것을 위해 존재하는 것이라고 자신

의 형편을 개탄하고 있는 누군가가 있다면 그는 나다.

사회의 여러 제도가 앞길을 막아 실패한 인생이라고 생각하고 있다면 그는 나다.

지금 자신의 길을 찾으려고 애쓰고 있는 누군가가 있다면 그는 나다.

세상 그 누구보다 나를 잘 알고 이해해줄 누군가가 있다면 그는 나다.

희망을 믿고 그 희망을 찾아 나서 줄 누군가가 있다면 그는 나다.

잘나가고, 성공하고, 행복한 나만 내가 아니라 고달프고 힘겹고 지쳐있는 나도 나임을 알아야 변화무쌍한 세상에서 굳건히 나의 자리를 지킬 수 있다.

나는 필요 없는 사람이라고 자신을 단정 짓기 이전에 이 세상에 내가 필요한 사람들의 이야기를 듣고 그들을 위해 그리고 그 과정에 속하고 싶은 나를 위해 무엇을 할 수 있는지 또 무엇을 할 것인지 마지막으로 무엇부터 어디서부터 시작할 것인지를 고민하고 있다면 이미 자신의 자리를 잘 지키고 있다는 것이다.

내가 필요한 사람에게 힘이 되고 용기가 되고 힘이 되려면 나에게 필요한 사람들에게 나의 이야기를 하고 조언을 구하는 용기가 필요하다.

나는 나에게 필요한 사람들에게 내 이야기를 하고 조언을 구하는 것에 아주 서툴렀다.

누군가와 의논도 하고 반목도 해보고 해야 할 일을 혹여 내가 말하면 상대가 나를 모르는 것이 많아서, 부족해서, 어리석어서, 추진력이 없어서! 라고 생각하지는 않을까 하고 아예 엄두도 내지 못했던 기억이 있다.

누군가가 나에게 진실로 조언하고 아닌 것을 아니라고 말해주고 좋은 말보다는 따끔한 한마디를 해줄 수 있는 조언자를 만날 기회를 자존심이라고 생각하

고 있는 것들로 인하여 흔적도 없이 흩뿌려 버렸다.

자존심을 지킨 것이 아니라 삶의 지혜를 얻을 기회를 잃었다.

프랑스 철학자 몽테뉴는 "현명한 사람이 어리석은 사람에게 배우는 것이, 어리석은 사람이 현명한 사람에게 배우는 것보다 많다."라고 말했다.

　나는 참 어리석은 젊은 날을 보냈다.
　그래서 많이 알지 못했고, 많은 것을 알고 싶어 하지 않았는지 모르겠다. 이제 나는 다시 현명해지려고 한다.

　내가 필요한 사람들의 이야기를 듣고 나에게 필요한 사람들에게 나의 이야기를 하면서 60대 청춘은 과거의 나를 위로하고 현재의 젊은 청춘을 위로하고 같은 세대를 살고 있는 중년과 60대를 위로하면서 나의 자리를 지키기 위하여 다시 청춘 일기를 써 내려간다.

　한 공간에 사는 우리는 이제 서로가 서로에게 지켜야 할 것과 내어놓아야 할 것을 이야기하면서 살아갈 시간을 교만하지 않고 태만하지 않고 자만하지 않는 지혜롭고 현명한 삶으로 늘 나의 자리에서 떠나지 않는 그 첫 다짐을 새로이 한다.

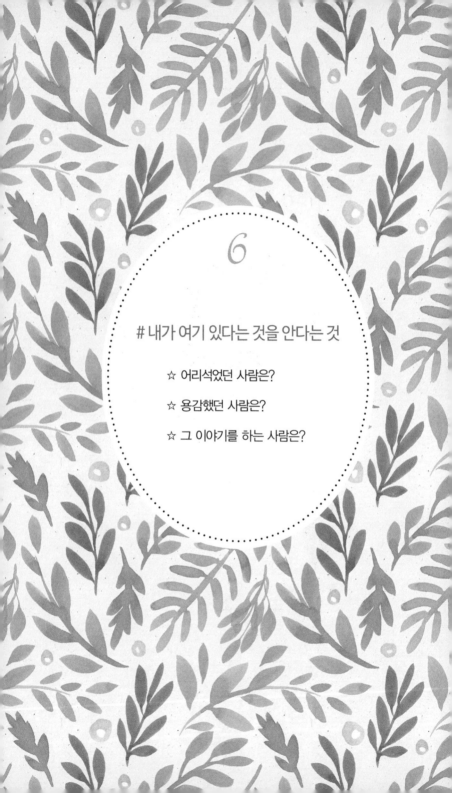

6

내가 여기 있다는 것을 안다는 것

☆ 어리석었던 사람은?

☆ 용감했던 사람은?

☆ 그 이야기를 하는 사람은?

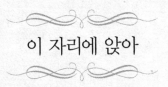

이 자리에 앉아

어리석음

용감함

어떤 이야기

7

누구도 나처럼

세상이 돌아간다고
말하는 이유

 인생은 수를 셀 수 없는 반복의 연속이다. 어떤 이는 늘 같은 것을 반복하고 또 어떤 이는 새로움을 반복한다.

 반복이 두려워 아예 시도하지 않으면서 매일 일상이 같다고 이야기하는 사람도 있을 것이고 매일 같은 일상 속에서도 자기만의 다른 것들을 찾아 역동적으로 살아가는 사람도 있다.

 어찌 되었건 삶을 살아가는 내내 우리는 무엇인가를 하면서 살아간다는 의미이다.

 한번은 젊은 친구들과 이야기를 하면서 요즘 어떻

게 지내냐고 물었더니 매일이 똑같지요, 라고 답한다.

내가 껄껄 웃으며 그럼 어제도 날 만났네! 라고 하자 서로 마주 보며 껄껄 웃은 적이 있었다.

매일이 같지 않고 매일 매일에 무엇인가 어떤 일인가 우리 주변에 일어나고 있다. 이것을 인지하지 못하면 자신의 가치를 알 수 없다.

거의 모든 사람이 지닌 한 가지 공통점은
자신의 가치를 너무 낮게 평가한다는 것이다.

– 심리학자 랜달 햄록 (Randall B. Hamrock)

여기에 더하여 자신이 낮게 평가한 그 가치를 기준으로 상대에 대한 가치도 함께 낮게 평가하는 때도 적지 않음을 알고 있을 것이다.

어떤 경우는 낮게 평가한 자신의 가치가 열등감이나 자격지심 같은 감정과 연결되어 외부로 표출하기도 한다.

이것은 누구라고 꼬집어 말할 수 있는 것이 아니라 자신에 대한 가치 폄하는 열등감과 자격지심을 수반하여 결국에는 자신에게 상처를 입히게 된다.

내 생각을 공격하면 예민한 반응을 보인다.
무시당할지 모른다는 불안감 때문이다.
이 예민함을 잠재우기 위해선
모든 사람에게 친절하게 대하되 남들이 나를 어떻게
생각할지는 신경 쓰지 않는 게 좋다.

- 게일 맥거본 (미국 적십자사 총재)

그렇다고 잘난 척해라! 있는 척해라! 착한 척해라! 무시해라! 라는 의미는 아니다. 혹여 지금 나를 공격하고 있는 사람이 있다면 그 사람도 자신의 가치를 폄하하고 있을지도 모른다.

즉 내가 힘들다는 것은 세상 어딘가의 누구도 힘들다는 이야기이다.
내가 화가 나고 분하다는 것은 세상 어딘가의 누구

도 화가 나고 분해하고 있다는 이야기이다.

내가 고통스럽고 괴로워하고 있다는 것은 세상 어딘가의 누구도 고통스럽고 괴로워하고 있다는 것이다.

나만 세상으로부터의 피해자라는 생각을 누군가 하고 있다면 그는 불평을 넘어 자신이 자신의 가치를 낮게 보는 데서 온 후유증이다.

벤자민 프랭클린은 "인생의 비극은 우리가 천재적인 재능을 타고나지 못한 데 있는 것이 아니라, 가지

고 있는 강점을 충분히 활용하지 못한 데서 오는 것이다."라고 말하고 있다.

사람들은 강점을 말할 때 특별히 남보다 뛰어난 무엇이라고 이해하거나 해석한다. 강점은 상대적으로 특별히 뛰어난 것이라고 말하기보다는 남이 하는 것과는 별개로 내가 하는, 내가 할 수 있는 그 무엇이다.

소소하지만 강한 힘, 강점이라는 것은
말을 재미있게 잘하는 것
사람들과 원만한 관계를 잘 유지하는 것
남을 잘 보살피는 것
신호를 잘 지키는 것
도움을 잘 요청하는 것
남의 탓을 하지 않는 것
약속을 잘 지키는 것
가족을 사랑하는 것
걸음을 잘 걷는 것
인사를 잘하는 것

정리를 잘하는 것

솔직한 것

성실한 것 등등 무수히 많다.

여기까지 읽으면서 아마 대부분의 독자는 "이런 것이 강점이라고?" 하며 의아해할지도 모른다.

그런 생각을 하고 계신 독자들에게 이런 질문을 던져본다. 누구나 다 100% 이렇게 살고 있다 아니다. 답은 이미 나와 있다. 아니다, 라고...!

강점은 엄청 대단하고 특이한 것을 담은 내용이 아닌 언제나 할 수 있는 것들, 그리고 누구나 하는 것들의 내용 중 얼마나 연속성을 가지고 꾸준히 계속해내고 있는가에 대한 것들이다.

강점만 가지고 살아가는 사람도 없고, 약점만 가지고 살아가는 사람도 없다. 많은 강점을 가지고 살아가고 있음에도 불구하고 그것이 소소하다고 생각하여 강점으로 알아차리지 못하고 있었다.

이런 일상의 것들이 진정 나의 강점으로 부각되려

면 꽤 많은 시간이 필요하다.

  강점은 장기나 특기와는 다른 것이다.

  시련과 고통의 경험을 통해서만 영혼은 강해지고
  야망이 고무되고 성공이 이뤄질 수 있다.

- 헬렌 켈러

  내 삶의 강점은 성실함과 추진력, 끈기, 배려였다.
나에게 주어진 일이 무엇이건 나는 그것이 옳고 해야
한다는 신념과 만나면 내가 할 수 있는 최선을 다해

시도하고 이루어냈다.

다만 나에겐 어떤 일을 선택하고 추진하는 것에 있어 전제가 있다. 옳은 목적일 것과 수단이 바람직할 것이다.

바람직한 수단으로 목적을 명확하게 하고, 목적을 달성할 수 있는 적절한 수단을 찾아 성실하게 끈기를 가지고 상대를 배려하며 추진해나갔다.

이것이 나의 삶으로 안착이 되고 내 몸과 마음에 장착되기까지는 참 긴 시간이 걸렸다. 나의 일상을 강점으로 만들 수 있다는 것은 누구나 가능하다는 의미이다.

60년 넘게 오가며 스치는 수없이 많은 사람도 나처럼 자신의 강점을 가지고 살아가고 있다.
그것이 어떤 분야, 어떤 형태의 강점이건 그 사람들도 그 사람들만의 강점을 가지고 최선을 다해 살아왔고 앞으로도 살아갈 것이다.

이 세상에는 누구도 나처럼 긴 시간을 자신의 강점이 강점인지도 모르고 자신의 가치를 깎아내리면서 살아가고 있었을 수 있다.

나의 가치는 외부로부터 오는 것이 아닌 내 안에서 늘 알아주기를 바라며 목이 빠지도록 고개를 내밀고 있다.

알아주기만 하면 되는데, 알아차리기만 하면 되는데, 천천히 돌아보기만 하면 되는데 우리의 일상은 숨은 쉬고 있는지조차 알 수 없을 만큼 급히 돌아가고 있다.

인생 초반에는 '자신이 한 일'에 대해 후회하다가 중반을 넘어서부터는 '자신이 하지 않은 일'에 대해 후회하는 일이 더 많아진다고 엘링 카게는 전하고 있다.

　나도 그랬다.

　할 수 없었던 것 말고 할 수 있었음에도 하지 않았
던 것이나 하지 말아야 했음에도 했던 것들이 참으
로 많았다.

　의기소침했던 것

　환경만을 탓했던 것

　핑계를 방패 삼았던 것

　자신의 가치를 지나치게 낮게 생각한 것

누군가도 나와 같은 경험을 해보았을 것이고 아직도 하고 있을 수 있다.

누구의 눈치도 보지 않고 당당하게 내 생각을 말하고 누구와 그 어떤 타협 없이 살던 시간!

그때는 나에게 분명한 이유와 명분이 있었다. 내가 지켜야 하고 지켜내야만 하는 대상이 존재했을 때 나는 나의 강점을 최대로 활용하여 성심을 다했다.

가족의 경제를 책임져야 했을 때, 청소년을 위하는 것이 이 사회의 미래를 지키는 일이라는 사명감을 가졌을 때, 주변과 이 사회를 위해 60대의 청춘인 내가 할 일 그리고 할 수 있는 일을 찾았을 때이다.

어디인지는 모르나 누구도 나처럼 자신의 강점이 가치가 되고 사명이 되어 움직이고 있다.

자신의 강점을 세상과 나누고 또 다른 이들이 모여

서로의 강점을 공유하고 나눌 수 있다는 것은 이제 나도 내어줄 것과 나눌 것이 있어 삶의 풍요 안에 들어섰음을 의미한다.

풍요 안에 우리는 나다운 삶을 살기 위해 매 순간 부단한 노력을 하는 개개인이 자신을 응원하여 미래의 행복을 만들어가는 시간을 응원한다.

이 세상의 무수히 많은 나를 응원한다.

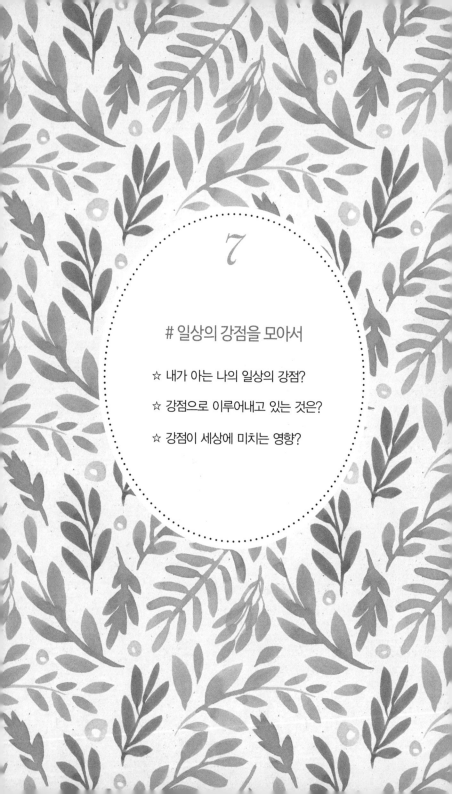

7

일상의 강점을 모아서

☆ 내가 아는 나의 일상의 강점?

☆ 강점으로 이루어내고 있는 것은?

☆ 강점이 세상에 미치는 영향?

나의 변화

일상의 강점

....
....
....
....
....
....
....
....
....
....
....

이루어 낸 것

영향

....

....

....

....

....

....

....

....

....

....

....

....

....

....

....

시간과 함께하는 삶을

우리는 늘 시간과 함께 해왔다.

그 시간은 변함없이 누구에게나 공평히 흘러간다는 것도 잘 알고 있다.

시간은 한결같았으나 그 안의 삶은 각양각색의 모습으로 채워져 어떤 시간은 후회와 회한을 남기기도 하고 어떤 시간은 설렘과 기대로 가득했던 시간도 있다.

나의 시간이 어떠한 형태로든 고스란히 나의 삶을 반영해 주고 있다. 과거의 시간은 현재의 나를 말하고 있고 오늘의 시간은 미래의 나를 말하게 된다.

나에게 주어진 시간의 권한을 내가 가지고 내 삶에 가치와 의미를 창출한다는 것만으로도 이미 성공이다.

크고 작은 성공과 그 안에 담긴 이야기들도 결국은 내가 속한 시간의 이야기다.

내가 속한 많은 시간이 감사가 되기 위해 나의 위치, 나의 역할, 나의 본분, 나의 사명으로 자신의 존재로서의 자신의 자리를 알아야 한다는 것이다. 삶이 정해져 있기라도 한 듯 겁을 먹기보다는 세상과 자신의 소리에 귀를 기울이고 그 안에서 자신의 강점을 찾아 나누고 60대 우리의 삶만을 위한 시간을 넘어 미래의 청춘들에 시간에 동참하는 청춘으로 함께 살아가려 한다.

"인간은 성공하기 위해 태어난 것이 아니라
이미 성공적으로 태어났다." (구은미 박사)

60대 청춘, 살아봐도 모르는 것들

초판 1쇄 2022년 3월 21일

지은이 신현수
발행인 김재홍
총괄/기획 전재진
마케팅 이연실
디자인 현유주

발행처 도서출판지식공감
브랜드 문학공감
등록번호 제2019-000164호
주소 서울특별시 영등포구 경인로82길 3-4 센터플러스 1117호(문래동1가)
전화 02-3141-2700
팩스 02-322-3089
홈페이지 www.bookdaum.com
이메일 bookon@daum.net

가격 15,000원
ISBN 979-11-5622-686-4   03810